DIYA LIM

Amandine

La limo...

À Mégane,
qui m'a donné
l'idée du nom
de l'école
d'Amandine.

ILLUSTRATIONS : AMANDINE GARDIE

Dominique et compagnie

Les héros

Amandine
C'est moi! Gourmande,
j'adore jouer à la petite
cuisinière. Mon rêve
le plus cher : devenir
boulangère-pâtissière.

Maman
Elle sent toujours bon,
comme les gâteaux
de notre boulangerie-
pâtisserie où elle travaille
pendant de longues
heures à la caisse.

Lester Mambo
Mon voisin d'à côté.
Nous fréquentons
la même école, mais
Lester est plus jeune
que moi. Il adore
les animaux, surtout
les insectes.

Monsieur Omar

Il habite dans la rue
des Arcs-en-ciel,
comme moi ! C'est
l'un des plus fidèles
clients de notre
boulangerie-pâtisserie.
Il est d'origine
égyptienne.

Madame Davigne

Ma voisine d'en face.
Elle est enseignante
de maternelle à
mon école. Elle est gentille
et a une voix aussi douce
que le miel.

Thibault Thibodeau

Lui, c'est le clown de
ma classe ! Il fait toujours
rigoler les amis avec
ses blagues.

CHAPITRE 1

L'escargot de Lester Mambo

C'est l'été! Il fait bon!
Il fait chaud!

J'ouvre ma fenêtre
en grand. Ce matin,
des oiseaux volent de

branche en branche dans
notre bouleau verdoyant.
J'adore leur chant!
Appuyée sur le rebord de
ma fenêtre à l'étage, je les
observe attentivement. *Cui-cui-cui!*

Sur le palier de la maison
d'à côté, un petit garçon
se ronge les ongles.
Lester Mambo!

Je salue mon voisin:
– Coucou, Lester!

Lester lève la tête.

– Salut, Amandine !

– Que fais-tu ?

– Je cherche

une idée pour…

Il met ses deux mains

autour de sa bouche et

chuchote. Qu'il est rigolo !

Lester et moi fréquentons

tous les deux l'école

Le soleil brillant, mais lui

est en première année.

7

Je crois qu'il est le plus petit enfant de sa classe. Il est haut comme trois pommes.

— Je ne t'entends pas!

Lester jette un coup d'œil vers la porte d'entrée de sa maison avant de lancer:

— Je ne peux pas t'en parler d'ici, Amandine. C'est TOP SECRET!

Top secret? Hmm…
La dernière fois qu'il avait
un secret, c'était un caillou
caché dans sa poche.
Mais la pierre avait grossi
au bout de quelques
jours… En fin de compte,
madame Mambo avait
découvert le pot aux roses :
son fils élevait un escargot
dans son manteau!

Cette fois-ci, s'agit-il

d'une autre bestiole ?

Une mouche dans

un mouchoir ? Une chenille

dans une chaussure ?

Un cafard dans un caleçon ?

Oh là là ! Je DOIS parler

à mon petit voisin !

CHAPITRE 2

Un bourdon dans son pantalon !

Je fais voler la porte d'entrée sur ses gonds. Lester Mambo est debout devant moi, son poing en l'air.

– Pas la peine de frapper,
lui dis-je. Alors, c'est grave ?
– Il y a urgence, Amandine !

Oh non ! Il nourrit
un bourdon dans
son pantalon ou alors
sa chambre est remplie
d'araignées et il ne sait plus
où les cacher !
– Tu pourras sûrement
m'aider, toi, poursuit

mon petit voisin, puisque
tu es une fille…

Quoi!? Lester Mambo
a un SECRET D'AMOUR?
C'est trop fort!

Les pas de maman
résonnent derrière moi.

– Bonjour Lester, entre
donc! l'invite-t-elle.
Tu manges un morceau
avec Amandine, ce matin?

Quelques secondes plus tard, Lester et moi sommes attablés devant un petit déjeuner appétissant.

– Qu'elle est bonne, cette confiture ! déclare Lester en léchant sa cuillère.

– Amandine et moi l'avons préparée avec des framboises que nous avons nous-mêmes cueillies, lui apprend maman.

– Oui! Nous avons aussi
fait du sirop de framboise!
– En effet. Délicieux comme
coulis sur des desserts!

Lester, veux-tu un autre
minicroissant?

J'ajoute en mâchouillant:
– Eu mini-oichant,
ché mon père
qui l'a cuichiné à
note bouangerie-
pâyicherie.

Lester me regarde, les yeux ronds comme des bonbons.

– Une fille aux bonnes manières ne parle pas la bouche pleine, Amandine-en-nougatine! me rappelle maman avec son accent chantant du sud de la France.

Oups! Je mets la main sur mes lèvres. J'avale ma nourriture.

— Pardon, maman. Désolée, Lester. Je t'expliquais que le minicroissant, c'est mon père qui l'a cuisiné à notre boulangerie-pâtisserie.

— Tout le monde dit que ton papa est un très bon boulanger!

– Et moi, je serai
boulangère-pâtissière
comme lui, un jour!

Maman esquisse un sourire
avant de monter dans
sa chambre. Dès qu'elle
tourne les talons, je
demande à Lester Mambo :
– Alors, qui est
ton amoureuse ?

CHAPITRE 3

Mignon hérisson !

– Je n'ai pas d'amoureuse !
proteste mon petit voisin.

– Bon. As-tu, oui ou non,
un secret à me confier,
Lester Mambo ?

– Oui. Il s'agit de
ma maman.

– Ta maman ? A-t-elle
découvert une colonie
de fourmis sous ton lit ?

Lester secoue la tête. Ça
me rassure. Puis il me dit :

– Les fourmis ne sont
pas *sous* mon lit, mais
sur ma table…

Horrifiée, je plaque mes
deux mains sur mes joues.

– … dans la fourmilière
que mes parents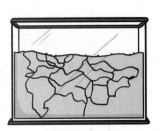
viennent de
m'acheter.

Ouf! J'étais sur le point de
tomber dans les pommes!

– Bientôt, continue Lester,
c'est la fête de maman et
je ne sais pas quoi lui offrir.
J'ai besoin de ton aide,
Amandine! *Pronto!*

– C'était ça, ton secret?

Pas d'amoureuse et pas d'insectes. Mais une surprise à madame Mambo pour son anniversaire.

– Oui, fait le garçon, excité. Je veux lui acheter un joli cadeau avec l'argent de Patapon.

– Patapon ?

– Mon hérisson.

– Quoi !?!

– C'est grâce à Patapon que
j'ai économisé des sous!

Je commence
à comprendre…

– Patapon,
ton hérisson, ce ne serait pas
une… tirelire, par hasard?

– Bien sûr, Amandine!
Un vrai hérisson n'a pas
d'argent, affirme Lester.

Une tirelire nommée
Patapon! C'est mignon!

– Patapon contient-il beaucoup d'argent?

– Une pièce de deux dollars, une pièce d'un dollar et dix pièces de dix cents! m'annonce-t-il fièrement.

– Waouh! Ça fait beaucoup de pièces de monnaie. En tout, tu as…

Je réfléchis à haute voix:

$$10 \times 10 ¢ = 1\$$$

– Dix pièces de dix cents,

ça fait un dollar. Ce dollar

plus deux dollars plus

un autre dollar, ça fait…

Je me gratte la tête.

Faire des calculs si tôt

le matin, aïe ! aïe ! aïe !

– Un plus deux plus un…

quatre dollars. $1\$ + 2\$ + 1\$ = 4\$$

Tout content, mon petit

voisin se frotte les mains.

Moi, je bois un peu de lait

pour calmer mon cerveau
mathématicien.

– Qu'est-ce qu'elle aime,
ta maman ?

– Les bijoux, les sacs à main,
les chaussures à talons
très, très hauts…, fait Lester.

Des bijoux, des sacs
à main et des chaussures en
échange de quatre dollars ?!
J'ai envie de pouffer de rire,
mais je me retiens.

– Aime-t-elle les fleurs?

– Oh oui! Sa fleur préférée

est le tournesol!

– Eh bien, achète-lui

une belle carte avec

un dessin de tournesol.

– Je veux lui offrir un *vrai*

cadeau, moi! bougonne

Lester Mambo.

– Alors, offre-lui une *vraie*

fleur de tournesol!

– Et pourquoi pas
un bouquet de tournesols ?
Ça coûte combien,
Amandine ?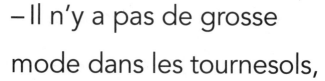

– Aucune idée.

– Grosso modo ?

– Il n'y a pas de grosse
mode dans les tournesols,
à mon avis.

Lester

 Mambo

s'esclaffe.

– Grosso modo veut dire
« environ combien ».
Pas « grosse mode » !

Oups ! Je suis un peu
gênée. Je reprends :
– Tout à l'heure, maman
et moi irons à notre
boulangerie. En chemin,
je m'arrêterai chez
la fleuriste pour lui
demander les prix
des tournesols.

– Merci, Amandine !
s'écrie mon petit voisin.
On se revoit à ton retour,
alors ?
– D'accord, rendez-vous
cet après-midi sous
le bouleau !

Des mots qui riment avec Mambo

À notre réunion sous

l'arbre, les épaules

de Lester s'affaissent

dès que je lui annonce

qu'un petit bouquet

de tournesols coûte

dix dollars. $10\$ - 4\$ = 6\$$

Je calcule qu'il faut ajouter

six dollars aux quatre dollars

de Patapon pour obtenir

la somme nécessaire.

Mais j'ai une super idée :

vendre de la limonade !

– Une douzaine de gobelets

vendus à 50 cents chacun,

ça te fera un total $12 \times 50¢ = 6\$$

de six dollars, Lester.

– Les citrons, ça coûte
combien ? demande
mon petit voisin.

Oups ! Je n'ai pas pensé à ça !
À moins que...

– Maman nous laissera
sûrement utiliser les citrons
de notre frigo, lui dis-je
en tapotant mon menton.
– La recette de la limonade,
tu la connais, Amandine ?

– À qui le demandes-tu ?
Bien sûr que je la connais !

– C'est vrai que tu adores
la cuisine…

– … et je sais qu'il n'y a
rien de plus simple que
la recette de la limonade.
Des citrons, de l'eau,
du sucre et le tour est joué !
Je tends un bout
de papier à Lester. Il sourit
d'une oreille à l'autre

en lisant lentement ce que j'ai écrit dessus. Moi aussi, je souris. Je suis fière d'avoir utilisé tous ces mots qui finissent par «o» comme dans *Mambo*, *pronto* et *grosso modo*.

Soudain, fronçant les sourcils, Lester me demande :

– Pourquoi as-tu dessiné des cœurs sur cette note ?

– Parce que j'aime ce plan de vente ! Et j'adore dessiner des cœurs ! Ils sont mignons, tu ne trouves pas ?

– Moi, je préfère les bonshommes sourire.

PLAN DE VENTE DE LIMONADE

Primo : faire la limonade.

Secundo : préparer une affiche.

Tertio : installer le stand.

Ultimo : vendre la limonade.

CHAPITRE 5

Primo, secundo, tertio

Maman a accepté
avec joie de nous fournir
les citrons. Madame Mambo,
quant à elle, est en visite
chez une amie et n'est pas

du tout au courant de notre plan. Lester lui a dit qu'il préférait jouer avec moi plutôt que de la suivre. Et comme maman a pris un jour de congé, elle a proposé à madame Mambo de garder son fils.

Chouette! On peut *Primo!* commencer l'étape numéro un! Vêtue de mon tablier blanc et de ma toque blanche sur lesquels maman

a brodé mon prénom

en rose bonbon, je tranche

des citrons en deux

en faisant attention

de ne pas me couper.

— Tiens le couteau bien

comme il faut, Amandine,

recommande maman avant

de s'éclipser de la cuisine.

Une fois les fruits coupés,

j'utilise un presse-citron

pour extraire leur jus
que je verse ensuite
dans un grand broc d'eau.
– Ça sent bon, le citron !
constate Lester.

Je mesure une tasse
de sucre. La tasse est bien
remplie. *Tchiiiiiiii !* Quelques
granulés s'en échappent
et dansent sur le comptoir.
– Oups ! fait Lester.

– Ce n'est pas grave,

lui dis-je en versant la tasse

de sucre dans le liquide

citronné. L'important,

c'est de nettoyer le comptoir

quand on a fini.

Je prends une cuillère

en bois et je brasse,

je brasse, je brasse !

Le sucre met un temps fou

avant de se dissoudre.

Finalement, j'arrête

de touiller le mélange

et je proclame :

– La meilleure limonade

du monde est prête !

– Youpi ! s'écrie Lester, ravi.

Maman est de retour avec

son appareil photo.

– Souriez, les enfants !

Étape numéro deux : *Secundo !*

nous bricolons une belle

affiche. Sur le coin

d'un grand papier cartonné,

Lester dessine une tranche de citron. Moi, j'écris en très gros caractères au milieu de l'écriteau « LIMONADE : 50¢/verre » en utilisant un feutre d'une couleur différente pour chaque lettre du mot LIMONADE. Et finalement, je trace des petits cœurs roses partout!

— On dirait une affiche
pour la Saint-Valentin !
proteste Lester.

— C'est pour attirer
les clients. Dès qu'ils verront
les cœurs, ils aimeront notre
limonade, tu comprends ?

Étape numéro trois : *Tertio !*
nous installons notre stand
de limonade devant
ma maison, au *9, rue
des Arcs-en-ciel*. Avec l'aide

de maman, nous plaçons
une petite table pliable et
deux chaises sous le bouleau.
— Il fait plus frais à l'ombre,
indique maman en mettant
le broc de limonade
au centre de la table.

Moi, j'utilise du ruban
adhésif à pois jaunes
et verts pour coller notre
superbe affiche à l'avant
de la table. Lester, lui,

y dépose des gobelets
en plastique et… *Oh non!*
un ÉNORME insecte!

CHAPITRE 6

Un scarabée nommé Barnabé

Lester nous annonce :

– J'ai bricolé cette caisse pour qu'elle ressemble à un scarabée. Je vous présente Barnabé !

Maman, qui est caissière
à notre boulangerie et
qui a horreur des insectes,
toussote :

— Qu-quelle j-jolie c-caisse !

— J'ai pris une boîte
de biscuits que j'ai peinte
en noir, explique le garçon.
Puis j'ai collé des cure-pipes
pour faire les pattes.

— Barnabé, c'est drôle
ce nom ! que je commente.

– Ça rime avec « scarabée » !

déclare Lester. Savez-vous

ce que mangent

des scarabées ?

Je marmonne :

– Sûrement pas des biscuits.

– D'autres insectes ?

avance maman.

– Des crottes ! Le caca

des autres animaux !

réplique Lester, sérieux

comme un savant. *Beurrrrk !*

– Bon, je vous laisse,
les enfants. À tout à l'heure !
lance maman en se
dirigeant vers la maison.

Moi, je m'installe sur
la chaise la plus éloignée
de Barnabé. J'ai hâte
de passer à la dernière étape
de notre plan de vente. *Ultimo !*

Un de nos voisins tond
sa pelouse. C'est monsieur
Omar. Il est Égyptien.

Il est gros. Il est gentil. C'est aussi l'un des clients les plus fidèles de la boulangerie-pâtisserie de mes parents.

Le dos tourné, il ne nous a pas vus. Il transpire abondamment sous son chapeau à larges bords. Et son visage est aussi rouge qu'un homard bouilli !

La pétarade de sa tondeuse s'arrête enfin.

Le jardinier amoureux
des fleurs se met à quatre
pattes pour arracher
quelques mauvaises herbes
derrière sa haie de roses.
Il se relève, ôte son *sombrero*
et s'éponge le front,
quand soudain Lester
et moi crions à tue-tête :
– LIMONADE !

Monsieur Omar bondit
de stupeur. Ses bourrelets

bougent, tressautant comme du flan ! Il lève les mains au ciel comme pour se protéger d'un terrible danger. Son *sombrero* s'envole, puis retombe sur son nain de jardin. Lester et moi éclatons de rire !

– Ah ! C'est vous, les enfants ! soupire monsieur Omar en posant la main sur son cœur.

– Bonjour, monsieur Omar!

Nous vendons de

la limonade, vous en voulez?

– De la bonne limonade

bien glacée? C'est

exactement ce qu'il me faut!

   Après avoir lu notre affiche,

monsieur Omar sort

de sa poche deux pièces

de vingt-cinq cents $25¢ + 25¢ = 50¢$

qu'il dépose sur notre table.

– Merci, monsieur Omar!

Les yeux brillants, Lester
range les pièces de monnaie
à l'intérieur de Barnabé,
pendant que je verse
la limonade dans un gobelet.

– Joli bricolage ! remarque
monsieur Omar.

– C'est un scarabée, M'sieur,
précise mon petit voisin.

– Ah ! Le scarabée est
un porte-bonheur égyptien,
Lester ! C'est une bonne

idée d'avoir une caisse
en forme de cet insecte.
Ça vous portera chance!
s'exclame monsieur Omar
en approchant son gobelet
de ses lèvres.
– Savez-vous ce que
mangent les scarabées?
demande Lester. Du caca!
– Pouah!!! s'écrie monsieur
Omar.

Oh non! Cette histoire
de crottes a-t-elle dégoûté
notre voisin-jardinier?
Il s'exclame:
– Elle est tiède,
votre limonade!
    Les glaçons!
Je les ai oubliés!
J'ai la mine déconfite.
Lester, lui, se ronge
un ongle en me regardant
du coin de l'œil. Monsieur

Omar voudra-t-il se faire rembourser?

– Je vais vous chercher des glaçons de chez moi, les enfants. Ne bougez pas!

Fiou! Il est vraiment gentil, ce monsieur Omar!

CHAPITRE 7

Une belle coccinelle

Sous le bouleau, j'observe
les glaçons de monsieur
Omar qui fondent dans
le liquide jaune. Une buée
s'est formée sur la paroi
du broc refroidi. Je trace

mon prénom dans cette

buée avec mon index.

Amandine!   Des gouttelettes

d'eau glissent le long

du récipient jusqu'à la table.

   Quelques voitures sont

passées. Mais personne

ne s'est arrêté. Dans le petit

parc près de ma maison,

carré de sable, balançoires

et glissoires sont vides.

– On pourrait faire
des expériences
scientifiques pour passer
le temps, suggère Lester,
qui joue avec un caillou.
– Si tu veux…
– Utilisons cette limonade
pour voir les choses
en grand !
– Comment ça ?

– C'est très simple, continue
Lester. Le broc nous sert
de loupe. Regarde.

Il déplace sa caisse sur
la table et… quelle horreur!
L'effet est STUPÉFIANT!
TERRIFIANT!

Je bondis de ma chaise.
Barnabé est très gros.
Montrueusement gros!

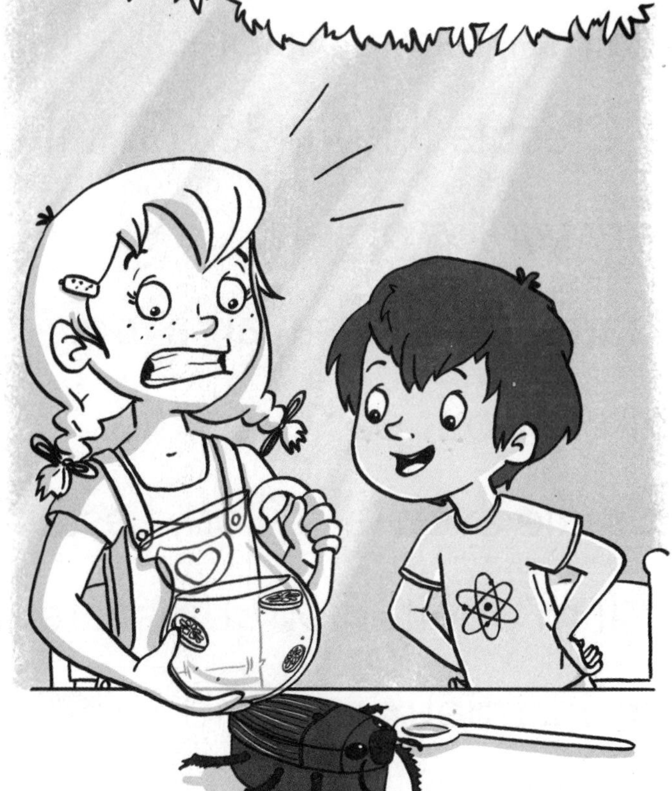

Gardant mon sang-froid, je dis à Lester le plus calmement possible :

– C'est la limonade qui fait grossir les objets. Ce serait pareil si on essayait avec un caillou, par exemple. Essaie avec le caillou, Lester.

Il m'obéit. Fiou ! L'insecte monstrueux reprend sa taille d'avant tandis que le caillou se transforme en rocher. Professeur Lester

m'explique :

– Ce n'est pas la limonade

qui fait grossir les objets,

Amandine. C'est la forme

arrondie du broc !

Intello, ce Lester Mambo !

Soudain, j'entends

le ronron d'un moteur.

La voisine d'en face arrive

au volant de sa petite

coccinelle verte. Elle gare

sa voiture sur la chaussée.

Madame Davigne

commandera sûrement

une limonade ! Nous faisons

de grands gestes pour

attirer son attention.

– Bonjour, les enfants !

Oh ! Vous vendez de

la limonade ! s'extasie-t-elle

de sa douce voix.

Les élèves de sa classe

aiment sûrement l'entendre

chanter et raconter
des histoires. Madame
Davigne est enseignante
de maternelle à l'école
Le soleil brillant. Elle remonte
la vitre de sa portière et
sort de sa coccinelle. Après
avoir regardé à gauche puis
à droite, elle traverse la rue.
– J'ai une de ces soifs…
Votre limonade va
me désaltérer!

Elle se tamponne les tempes avec un mouchoir orné de petites fleurs. Elle fouille ensuite dans son sac à main jaune et en sort un dollar étincelant. Lester lui rend les deux pièces de vingt-cinq cents qu'il a reçues de monsieur Omar.

1$ – 25¢ – 25¢ = 50¢

– Quel beau bricolage, mon cher Lester! C'est toi qui l'as fait, n'est-ce pas?

Mon voisin, les joues

rouges comme

un coquelicot, hoche

la tête. Il ne pose pas

la question du repas

préféré des scarabées

à l'enseignante. Ouf !

Pendant ce temps,

je remplis un gobelet de

limonade avec précaution.

Je ne veux surtout pas

éclabousser la belle robe

à fleurs jaune pâle

de madame Davigne.

   L'enseignante avale

une gorgée et grimace.

Mon sourire s'efface.

La limonade ne peut pas

être encore tiède, voyons!

– Ça goûte l'eau plutôt

que la limonade, les enfants.

Il vous faut davantage

de citrons.

– Mais nous n'en avons plus!

Et moi qui croyais avoir fait la meilleure limonade du monde! Zut!

– J'en ai chez moi. Je vais vous en chercher, dit la jolie dame.

D'un pas léger, elle se dirige vers sa maison. Elle a l'air de flotter, madame Davigne. Ou de voler. Comme une coccinelle. Sur des fleurs jaune pâle…

Quelques minutes plus
tard, elle revient avec un
presse-citron et trois citrons
coupés chacun en deux.

Elle extrait le jus des six
moitiés de citrons et $3 \times 2 = 6$
verse le tout dans le broc
de limonade. J'inspire
à fond, les yeux fermés.
Ça sent bon! Dans ma tête,
des citrons dansent autour
de moi. Ils ont des pieds.

Ils ont des mains. Ils ont même des sacs à dos.

Ils chantent en chœur :

Sur le pont d'Avignon,

L'on y danse, l'on y danse,

Sur le pont des citrons,

L'on y danse tous en rond.

Les belles dames font comme ça

Et puis encore comme ça.

Je suis tirée de ma rêverie par la douce voix.

– Ça devrait suffire. Qu'en penses-tu, Amandine ?

– Euh… Vous voulez dire pour les citrons ?

– En effet. Crois-tu que c'est assez pour ta limonade ?

– Oui, madame Davignon…

Lester me donne un petit coup de pied sous la table. Je me rattrape aussitôt :

– Euh…. je veux dire, madame Davigne !

– Tu te sens bien,
Amandine? Ce doit être
la chaleur… Versez-vous
une limonade, tous les deux!
Ça vous rafraîchira!

Lester et moi la remercions de tout cœur pour son aide et son achat.

CHAPITRE 8

Beurk,
cette limonade !

Mon ventre fait des sons.
J'ai faim !

La porte d'entrée de
ma maison s'ouvre. Maman
arrive avec un plateau

sur lequel sont posés deux

croque-monsieur! Miam!

– Les croque-monsieur

de maman sont délicieux,

Lester. Sers-toi!

Pendant que nous

dégustons notre savoureuse

collation, maman sort

une pièce d'un dollar

de sa poche en déclarant:

– Je commande deux $2 \times 50¢ = 1\$$

limonades pour les deux

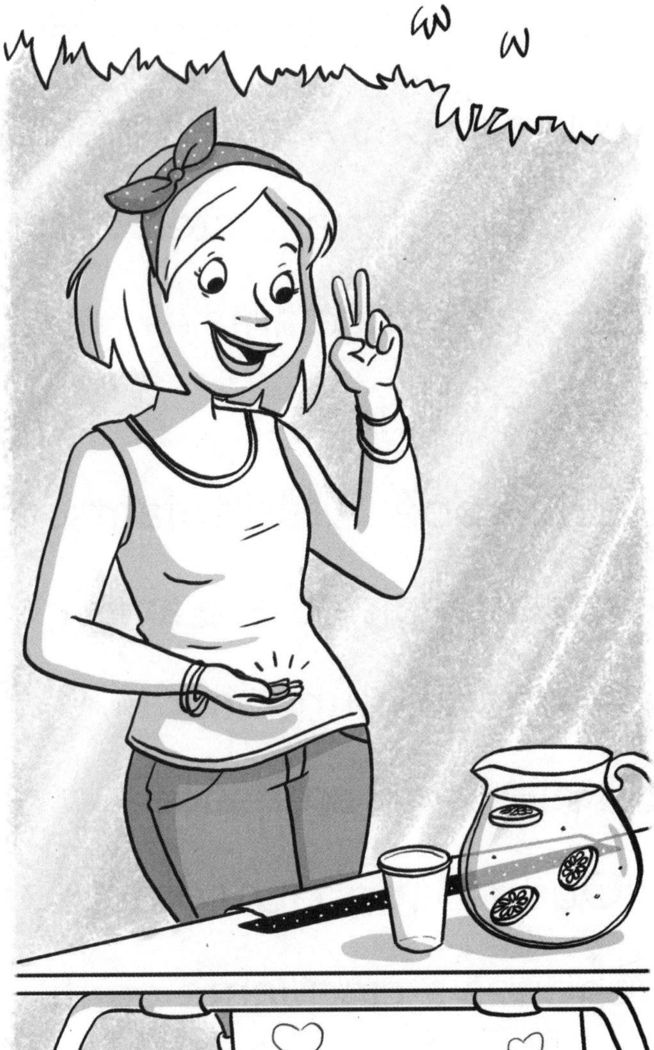

plus jeunes entrepreneurs

de la rue des Arcs-en-ciel!

– Merci! s'écrie Lester,

les yeux étincelants.

– Merci, maman!

– Bon appétit, les enfants!

nous souhaite-t-elle avant

de regagner une fois

de plus la maison.

Quatre limonades

vendues à cinquante cents

chacune. Barnabé

contient maintenant
deux dollars! $4 \times 50¢ = 2$$

   Pour arriver à un total
de six dollars dans la caisse,
il nous faut gagner quatre
autres dollars. 6 - 2$ = 4$$

   Ce qui veut dire que nous
devons vendre encore
huit limonades. Oh là là!
Ça risque d'être dur!
Où sont passés tous
les enfants du voisinage

qui ont l'habitude de jouer dehors?

Croque-monsieur en bouche, je verse deux verres de limonade tout en pensant à l'étape la plus difficile de mon plan : l'étape quatre.

?

?

?

?

?

Comment vendre notre limonade s'il n'y a personne près de notre stand?

?

?

?

Lester prend une gorgée
de sa limonade. Il plisse
les yeux et grimace.
– BEURK!

Oh non! Pas encore!
– Ché égueulache?
que je lui demande,
la bouche pleine.

J'avale à toute vitesse
ma nourriture pour articuler:
– C'est dégueulasse?
– Ça fait grincer les dents!

Je goûte à mon tour.

Lester Mambo a raison !

— Madame Davigne a mis

trop de jus de citron !

Décidément, rien ne va

avec cette limonade. *Zut !*

— On ne peut pas vendre ça

à nos clients, s'inquiète

mon petit voisin.

Il faudrait améliorer

la recette !

Réfléchis, Amandine !

— J'ai une idée ! *Jilt !*

— Ajouter du sucre,

peut-être ? suggère Lester.

Je fais non de la tête.

— Je sais exactement

ce qu'il faut faire pour

la rendre super délicieuse

et même super belle !

— Belle ? Une *belle*

limonade ?

Mon petit voisin n'a pas

l'air convaincu.

– Oui, une belle limonade

qui est très *bonne* !

Une limonade IRRÉSISTIBLE !

Lester soupire.

– Bon, d'accord,

ronchonne-t-il.

– Attends-moi ici, je reviens !

Je m'élance vers

ma maison.

– Que vas-tu faire,

Amandine ? s'écrie Lester.

– Tu vas voir…

CHAPITRE 9

Illico presto !

Ma recette est
une réussite!
– Délicieux, Amandine!
me complimente Lester.

Au lieu du sucre, c'est
du sirop de framboise

 que j'ai ajouté à
la citronnade acide.

Et tadam! Une bien belle
et bien bonne limonade
qui donne envie d'être bue!

Excités, Lester Mambo
et moi avalons goulûment
nos limonades… roses.

Comme il n'y a toujours
personne à qui vendre
notre boisson maison,
je confie à mon voisin:

– Lester, notre situation
est grave...

Devant son regard inquiet,
je m'empresse d'ajouter :

– ... mais pas désespérée.
Il nous faut passer au plan B.

– Quel plan B ?

– Il y a toujours un plan A
et un plan B. Le plan B est
une porte de sortie au cas
où le plan A ne marche pas.

– C'était quoi, le plan A ?

– Le plan A, c'était de vendre de la limonade ici.

– Et le plan B ?

– C'est aussi de vendre de la limonade, mais ailleurs.

– Où ?

– Là où sont les clients.

– Mais où sont-ils ?

Flac ! Un truc gris et blanc atterrit sur un coin de la table. Gluant et dégoûtant.

Oh non !

Les vilains moineaux

dans le bouleau !

Bouche bée, Lester et moi

échangeons des regards

terrifiés ! L'étape quatre

est trop dure, ici ! Nous

ne pouvons rien vendre

s'il n'y a pas de clients, ça,

on le sait maintenant.

Mais pire, nous ne pourrons

jamais vendre une limonade

si elle est grise et goûte

le caca d'oiseaux! *Beurk!*

– Il faut déménager notre

stand au plus vite, Lester!

– Tout de suite! *ILLICO*

PRESTO! s'écrie mon petit

voisin.

Soudain, une voix

nous surprend:

– Lester Mambo et

Amandine Poulin! Tiens,

tiens… que faites-vous?

Thibault! Thibault
Thibodeau, le clown
de ma classe est ici!
Je m'exclame:

– Salut, nous vendons
de la limonade!

– Vous vendez ou vous
buvez de la limonade?
nous demande-t-il
sur un ton espiègle.

– Les deux, fait Lester.
T'en veux?

– Moi? Boire de la limonade ROSE? C'est pour les filles, cette boisson, n'est-ce pas Lester? insinue Thibault, un sourire coquin aux lèvres.

Les joues coquelicot de Lester Mambo sont de retour. Il est gêné, lui qui a déjà bu son gobelet en entier.

Ce Thibault Thibodeau!
Il ne laisse jamais passer

une occasion de faire

des blagues!

Je m'empresse de venir

au secours de mon voisin :

– Tout le monde aime

la limonade, même rose!

Allez, Thibault, sois gentil!

– D'accord! D'accord!

se résigne le garçon en

faisant un clin d'œil à Lester.

Tout le monde aime

la limonade, surtout en été.

Lester paraît soulagé.

– Mais, continue Thibault, je ne peux pas en boire. Je suis allergique aux agrumes.

Oups! J'avais oublié!

– Notre limonade ne contient pas d'agrumes. Pas vrai, Amandine?

– Malheureusement si, Lester. Les citrons font partie de la grande famille des agrumes. Tout comme

 les oranges,

les pamplemousses,

les clémentines…

– Allez, faut que je file !

intervient Thibault.

Je ne veux pas manquer

le tournoi des juniors, moi.

– Quel tournoi des juniors ?

questionne Lester.

– Les Sauterelles de Saint-

Malo contre les Bourdons

de Bougainville ! C'est

la finale aujourd'hui dans

le grand parc. Tous les

enfants y sont… à part vous.

Je comprends maintenant

pourquoi le voisinage

est désert! Tous nos clients

sont au grand parc, là où se

trouve le terrain de soccer!

— Zut! s'écrie mon petit

voisin.

– Tu savais à propos

du tournoi, Lester?

que je lui demande.

– Nooon, me dit-il, mais j'ai

hâte de voir les sauterelles

et les bourdons, moi!

Thibault s'esclaffe:

– Ce ne sont pas

des insectes! Ce sont

des équipes sportives!

Une nouvelle idée

me frappe de plein fouet!

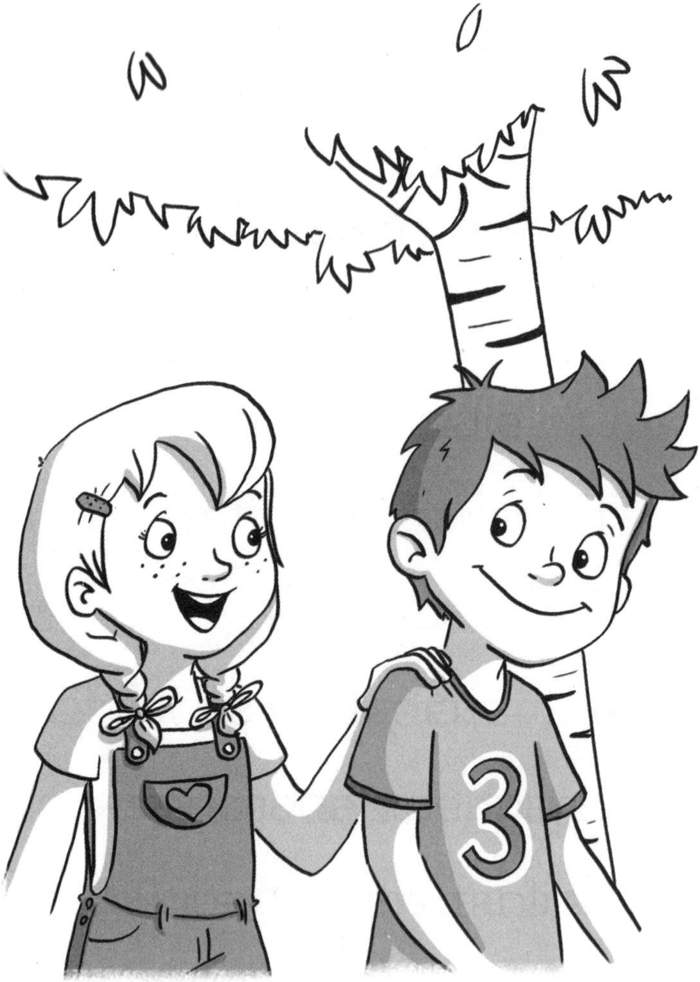

– Thibault, veux-tu nous
aider à déménager
notre stand de limonade
au grand parc?

– O.K., accepte-t-il.

– Je vais prévenir maman.
Elle pourra sûrement
nous y accompagner!

Je fais un clin d'œil
à mon voisin en lui disant:

– Plan B, Lester Mambo!
PLAN B!

CHAPITRE 10

Une araignée poilue !

Quelle belle journée !
Notre plan B a fonctionné
à merveille ! La limonade
rose a été un succès
instantané ! Nous l'avons

vendue à des filles ET
à des garçons!

Lester Mambo a recueilli
l'argent nécessaire
pour acheter le bouquet
de tournesols de sa maman.
Content, il faisait tinter sans
cesse Barnabé!

Avant de rentrer chez lui,
il m'a dit:
— C'est cool que tu sois
ma voisine, Amandine!

Puis, il a fouillé dans
la poche de son pantalon
en m'annonçant :
– J'ai quelque chose
pour toi. Ferme les yeux,
c'est une surprise !

J'ai retenu mon souffle.
Une chenille gluante ?
Une araignée poilue ?

Un peu nerveuse,
j'ai tendu ma main,
les paupières closes.

J'ai senti un truc plat et dur

sur ma paume. Plat comme

un cafard. Dur comme

la coquille d'un escargot.

J'ai tout de suite ouvert

les yeux pour découvrir…

un joli petit caillou en forme

de cœur!

– Oh! C'est mignon!

– Merci de m'avoir aidé,

Amandine.

– De rien, Lester. À demain!

– À demain !

En aidant Lester Mambo,
je me suis bien amusée
toute la journée.

Comme le dit souvent ma maman,
c'est chouette de s'entraider !

Diya Lim

Diya a grandi à l'île Maurice dans l'océan Indien. Son chemin l'a ensuite menée en France, où elle a développé son amour pour la langue française, mais aussi… la cuisine! Vivant désormais au Canada, où elle travaille comme réviseure et traductrice, elle remporte le prix littéraire Henriette-Major 2011 pour *Amandine adore la cuisine!*

Lorsqu'elle était étudiante, Diya a suivi des cours en marketing. En écrivant *Amandine – La limonade rose*, elle décide donc de s'amuser avec le concept de Marketing mix. Eh oui! Tenir un stand de limonade requiert un plan stratégique, les enfants! Il faut un **produit** de qualité à vendre à un bon **prix**, une affiche pour en faire la **promotion** et la **place** idéale pour réussir la vente (**les 4 P**)!

Et puis, il y a Lester Mambo. Depuis quelques années, il s'installe dans la tête de Diya et ne veut pas s'en aller. Alors, l'auteure lui bâtit une maison à côté de celle d'Amandine. Et tadam! Voici un récit tout mignon à déguster sans modération comme une délicieuse limonade faite maison!

Visite notre site Internet pour en savoir plus sur nos auteurs, nos illustrateurs et nos collections:
dominiqueetcompagnie.com

Dans la même série

**Amandine
adore
la cuisine !**
Ill: Geneviève Kote

**Amandine
adore la galette
des Rois !**
Ill: Geneviève Kote

**Amandine
Le gâteau
de mariage**
Ill: Geneviève Kote

**Amandine
La tarte
à la citrouille**
Ill: Amandine Gardie

**Amandine
Mes amis
à la boulangerie**
Ill: Amandine Gardie

Catalogage avant publication
de Bibliothèque et
Archives nationales du Québec
et Bibliothèque et Archives Canada

Lim, Diya, 1973-

Amandine : la limonade rose
(Collection Grand roman lime)
Pour enfants de 7 ans et plus.

ISBN papier 978-2-89739-000-6
ISBN numérique / pdf 978-2-89739-001-3

I. Gardie, Amandine. II. Titre.
III. Titre : Limonade rose.

PS8623.I47A825 2016   jC843'.6
C2015-942304-X
PS9623.I47A825 2016

Direction littéraire : Agnès Huguet
Révision : Béatrice M. Richet
Conception graphique :
Nancy Jacques

Droits et permissions :
Barbara Creary
Service aux collectivités :
espacepedagogique@
dominiqueetcompagnie.com
Service aux lecteurs :
serviceclient@editionsheritage.com

Dépôt légal : 1er trimestre 2016
Bibliothèque et Archives
nationales du Québec
Bibliothèque et Archives Canada

Dominique et compagnie
1101, avenue Victoria
Saint-Lambert (Québec) J4R 1P8
Téléphone : 514 875-0327
Télécopieur : 450 672-5448
dominiqueetcompagnie@
editionsheritage.com
dominiqueetcompagnie.com

Imprimé au Canada

Nous reconnaissons l'aide financière
du gouvernement du Canada
par l'entremise du Fonds du livre
du Canada.

Nous reconnaissons l'aide financière
du gouvernement du Québec
par l'entremise du Programme de
crédit d'impôt – SODEC – Programme
d'aide à l'édition de livres.

Nous remercions le Conseil des arts
du Canada de l'aide accordée
à notre programme de publication.

Financé par le
gouvernement
du Canada